AF358070

6 mars 1911

VENTE

Des Lundi et Mardi 6 et 7 Mars 1911

HOTEL DROUOT, SALLE No 10

A DEUX HEURES 1/2

EXPOSITION PUBLIQUE

Le Dimanche 5 Mars 1911

De 2 h. à 6 heures

BEAU MOBILIER

ANCIEN ET MODERNE

BRONZES

Tableaux — Aquarelles

SERRURES, CADENAS, HEURTOIRS

COMMISSAIRE-PRISEUR

Me GEORGES LEBAILLY

3, boulevard Sébastopol

CONDITIONS DE LA VENTE

Elle sera faite au comptant.

Les adjudicataires paieront *dix pour cent* en sus des enchères.

L'exposition mettant le public à même de se rendre compte de l'état et de la nature des objets, aucune réclamation ne sera admise une fois l'adjudication prononcée.

Paris. -- Imp. de l'Art, CH. BERGER, 41, rue de la Victoire.

DÉSIGNATION

TABLEAUX, AQUARELLES
DESSINS, GOUACHES, GRAVURES

JACQUE (Charles)

1 — *Le Retour du troupeau.*

> Belle eau-forte. Épreuve signée par l'artiste.
> Haut., 37 cent.; larg., 47 cent.

ÉCOLE ALLEMANDE

2 — *La Pêche miraculeuse.*

Panneau ancien. Haut., 24 cent.; larg., 35 cent.

ÉCOLE ANGLAISE

3 — *Paysage.*

> Peinture. Haut., 27 cent.; larg., 37 cent.

ÉCOLE FRANÇAISE (XVIIIᵉ siècle)

4 — *Saint François.*

> Haut., 1 m. 25 cent.; larg., 98 cent.

ÉCOLE HOLLANDAISE ˙

5 — *Dressage de chevaux.*

> Gouache. Haut., 35 cent.; larg., 25 cent.

BIVA (H.)

6 — *Roses.*

> Toile peinte. Haut., 45 cent.; larg., 36 cent.
> Signé en bas à droite.

BIVA (P.)

7 — *Un Nid dans les blés.*

> Panneau. Haut., 38 cent.; larg., 26 cent.
> Signé en bas à droite.

BIVA (P.)

8 — *Pensées.*

> Toile peinte. Haut., 54 cent.; larg., 44 cent.
> Signé en bas à droite.

OLARIA

9 — *Pivoines.*

> Toile peinte. Haut., 50 cent.; larg., 1 m. 50 cent.
> Signé en bas à gauche.

WIVIEN

10 — *Rossignol.*

> Panneau. Haut., 35 cent.; larg., 50 cent.
> Signé en bas à droite.

BIVA (H.)

11 — *Vase à fleurs.*

Aquarelle. Haut., 27 cent.; larg., 44 cent.
Signé en bas à droite.

BIVA (H.)

12 — *Liserons et coquelicots.*

Aquarelle. Haut., 27 cent.; larg., 43 cent.
Signé en bas à gauche.

13 — *Les Laveuses.*

Dessin sépia rehaussé de gouache.
Haut., 27 cent.; larg., 35 cent.

LACOSTE (Eugène)

14 — *Figurante de « l'Étoile du Nord ».*
Dessin.

ÉCOLE FRANÇAISE

15 — *Petite Scène villageoise.*

Gouache. Haut., 11 cent.; larg., 8 cent.
Cadre ovale.

ÉCOLE FRANÇAISE

16 — *Marine.*

Gouache. Haut., 30 cent.; larg., 22 cent.

ÉCOLE FRANÇAISE

17 — *Revue de troupes sous Louis XVI.*

Gouache. Haut., 20 cent.; larg., 15 cent.

ÉCOLE FRANÇAISE

18 — *Village.*

Gouache. Haut. 37 cent.; larg., 25 cent.

19 — Sous ce numéro, un lot de gravures anglaises anciennes coloriées et autres. (Sera divisé.)

BRONZES

20 — Bronze d'après Clodion, représentant un faune jouant du pipeau, accompagné de deux petits faunes.

> Haut., 62 cent.

21 — Bronze d'après Clodion : Bacchant et bacchante.

> Haut., 32 cent.; larg., 35 cent.

22 — Deux statuettes : les Escrimeurs, d'après Rougelet.

23 — Deux statuettes : Michel-Ange et Galilée.

24 — L'Enfant à l'oiseau.

25 — Danseuse antique (Terpsichore).

26 — L'Enfant ailé.

27 — Statuette : Napoléon.

28 — Quatre réchauds Empire en métal argenté.

29 — Petit bronze argenté : Enfants aux raisins.

SERRURES, CADENAS

HEURTOIRS

PLAQUES DES XVIᵉ, XVIIᵉ ET XVIIIᵉ SIÈCLES

30 — Porte de coffre en fer (la serrure manque. (Commencement du xvɪᵉ siècle.

31 — Serrure de coffre. xvɪᵉ siècle.

32 — Porte de niche en forme d'écu. (Provient de la crypte de l'église de Bayeux.) xvɪɪᵉ siècle.

33 — Deux serrures de coffre. xvɪᵉ siècle.

34 — Grande serrure allemande à trois pènes et deux loquets. Fin du xvɪᵉ siècle.

35 — Serrure de coffre à moraillon. Fin du xvɪᵉ siècle.

36 — Grande serrure à deux entrées et un pène. Fin du xvɪᵉ siècle.

37 — Serrure à moraillon. xvɪɪᵉ siècle.

38 — Serrure de coffre. xvɪɪᵉ siècle.

39 — Serrure à double entrée, trois pènes et un verrou en fer doré. xvɪɪɪᵉ siècle.

40 — Grande clef à tige hexagonale et forage carré, anneau uni.

41 — Clef à tige ronde avec grand anneau rond, panneton découpé à quatre grecques.

42 — Cadenas à boucle et tourillon. XVIIe siècle.

43 — Grand cadenas à boucle, en forme d'écu, surmonté d'une couronne de comte et avec armoiries en bronze rapporté et ciselé (les deux faces semblables). XVIIIe siècle.

44 — Heurtoir à boucle ovale entièrement ciselé, le nœud orné de rosaces. XVIe siècle.

45 — Heurtoir à boucle en fer noirci et primitivement damasquiné en argent. Commencement du XVIIe siècle.

46 — Marteau de porte en S se terminant par une large volute unie; les côtés gravés et ciselés.

47 — Petit cadenas en forme de triangle, toutes les faces gravées.

48 — Cadenas demi-rond, à boucle ornée de cercles tracés.

49 — Cadenas demi-rond pour clef forée en trèfle, fer uni, entrée chevronnée.

50 — Cadenas carré, fer uni. xviiie siècle.

51 — Cadenas rond, fer uni. xviiie siècle.

52 — Cadenas fer uni, à deux broches, clef sur le côté (la face manque). xviie siècle.

53 — Très curieuse plaque, à contours et fleurs de lis, avec cache-entrée, pour coffre de sûreté.

FAIENCES, PORCELAINES

BOIS SCULPTÉ, TERRE CUITE

54 — Vase en porcelaine de Sèvres décorée.
Monture en bronze doré.

> Haut., 99 cent.

55 — Cinq assiettes décoratives en porcelaine de Canton.

56 — Plat, décor bleu.

57 — Vase en terre cuite. Louis XVI.

58 — Statuette de saint en bois sculpté.

AMEUBLEMENT

59 — Salon Louis XVI ancien en bois doré, composé d'un petit canapé et de quatre fauteuils en bois ancien redoré, couverts de soie blanche ancienne à petits bouquets.

60 — Petite banquette en tapisserie d'Aubusson ancienne.

61 — Petite table-bureau Louis XV en marqueterie de bois de rose.

62 — Console Louis XVI en acajou, ovale, à galeries ; dessus de marbre.

63 — Grande table-bureau en bois noir, incrustations.

64 — Six chaises paillées, d'époque Empire, à sujets peints sur le dossier.

65 — Lustre électrique en cuivre, à cinq branches. De la *Maison Lacarrière*.

66 — Petite pendule Empire en bronze doré.

67 — Pendule en marqueterie, incrustations de nacre.

68 — Deux bouts de table en bronze doré. Style Louis XVI.

69 — Trois banderoles en étoffe japonaise brodée.

70 — Pièce de soie japonaise brodée.

71 — Salon en noyer, Aubusson, quatre fauteuils, un canapé.

72 — Bergère Louis XV, recouverte de soie.

73 — Fauteuil Louis XV, recouvert de tapisserie-verdure.

74 — Grand tapis d'Orient.

75 — Deux appliques en bronze. Empire.

76 — Petite table à ouvrage, garnie de bronze.

77 — Canapé, deux fauteuils, quatre chaises en laqué blanc. Style Louis XVI.

78 — Chiffonnier. Époque Empire.

OBJETS DIVERS

79 — Beau mouchoir en point à l'aiguille.

80 — Violon. Marque : *Joannès Frebrunet, 1760.*

81 — Une bicyclette Whitworth.

82 — Sous ce numéro : outils et accessoires pour dentiste, un tour complet, un fauteuil, un meuble-étagère, claviers, miroirs, etc. (Ce numéro sera divisé.)

83 — Sous ce numéro, objets divers non catalogués.

www.ingramcontent.com/pod-product-compliance
Lightning Source LLC
LaVergne TN
LVHW021917180726
843502LV00008B/3114